바라만 봐도 탑이 되는

고요아침 운문정신 051

바라만 봐도 탑이 되는

양점숙 시조집

고요아침

삶의 무게 꿈의 무게로 늘 바장이다
아픈 이별도 귀한 탄생도 봤다.

부끄러움을 무릅쓰고 또 용기를 낸다.

또 한 번의 욕심을…….

2021년 8월
양점숙

| 차례 |

제2부

제3부

제4부

제5부

제 1 부

소녀상

비워둔 그 옆 의자 깃기바람에도 뼈저리고
쇠말뚝을 박아도 헛말에 귀 울어도
그 소녀 단발머리는 찰랑찰랑 올이 곱다

사죄의 말 듣지 못한 무명적삼 솔기마다   .
웅크린 어머니처럼 바스러진 눈물자국
소녀는 꽃으로 붉는 노을 속의 그날처럼

꼭 쥔 손 풀지 못한 열일곱의 눈 속에
영혼의 울음 곱던 나비는 날아가고
그림자 그마저 지운 섬 하나를 품는다

* 일본 대사관 앞에 있는 위안부 소녀상.

국밥집 할매 미소

맹물처럼 웃고 때론 홍시처럼 말캉해

허기를 말아 올린 시래깃국 한 그릇에도

첫새벽 선잠 털어낸 사연이 둥둥 뜬다

막사발에 덕담은 눈물도 고명이라

기댈 벽 하나 없어도 눈빛만은 뜨겁고

잔마다 어둠 가득해도 하얗게 뜨는 옥니

사자암* 가는 길

가만히 바라만 봐도
그대로 탑이 되는

염원이 켜로 놓인
돌계단에 올라서

한 천년 세월을 건넌 전설 속을 걷는다

등이 굽은 저 탑*
깨달음은 얻었을까

영혼도 없다는데
왜 이리 몸 무거운가

한참을 머뭇거리다 돌 한 개를 올린다

* 사자사(사자암)는 익산시 금마면에 있는 백제의 고찰. 선화(善化)가 사
자사 지명법사(知命法師)의 도움으로 미륵사를 창건했다는 기록이 있다.
* 탑 : 미륵사 서탑.

금강

한 목숨 소지 올리는 물안개를 따라서
고란초 젖은 손금에 한 등 올리는 강물
역류의 먼 귀 울음으로 가끔은 비틀거린다

섬이 된 그리움은 물집 없는 맨발일까
수건 쓴 어머니 웃음의 반은 눈물이라
강물은 남쪽을 향해 꽃잎 몇 장 띄운다

꼭꼭 여미며 살아도 시간은 쉽게 갔다
귀 어둔 할매는 만 갈래 어둠을 끌고
쪽물 든 치맛말기 풀어 하늘로 맘 올린다

벽에 걸린 황태

세상 시름 다 겪어낸 앙상한 몸뚱아리
뼛속에 속까지 물내를 걷어내고
잘 마른
기억까지도 무명실로 묶었다

마른 벽 그곳에도 물소리 들리는가
해풍 걷어낸 소망 그 무게로 하나로
마른 눈
미동 없어도 수심 가르는 파도소리

눈물자국 선명한 한 대접의 술국에
목어의 배를 채운 아버지의 첫새벽
막막한
세월 들이킨 잔술에 눈 내린다

만경강 노을

어머니의 어깨는 늘 바람소리로 앓는다

빈들처럼 쓸쓸해지다 그 시름에 들썩이다

허기져 질척한 눈부처 긴 노을을 끌고 간다

녹두새의 까만 눈동자 물빛 따라 떠나고

허락되지 않는 별을 꿈꾸던 계절에

바람 든 그 마디마디 또 하나의 사랑 간다

낚시터 그림자

하늘 등진 석상처럼
이, 저승 지고 앉아

줄 풀어도
그리움만 물무늬로 사월 때

제비가 날던 허공엔 영영 놓지 못할 너뿐

온몸에 번져오는
만 갈래 빛살들로

하루치 석양
빨갛게 타오르니

바람 길
혼자 지키던 동백
생목
툭툭 진다

조화가 있는 풍경

고호를 꿈꾼 그래서 외로운 사내가
물무늬 뼈대까지 솜씨 좋게 빚어놓고
메마른 꽃대를 세워 가면의 색 올렸다

데불고 든 욕망만으로 곧게 세운 물관
빛 고운 침묵 받아 모반을 꿈꾸다
창백한 심장을 꺼내 실핏줄을 살핀다

그 자리 왜 섰어야 하는지도 모르는 채
석 달 열흘 곧은 줄기 어둠 곱게 입히고
잘 마른 묵언의 수행 아직도 그는 정진 중

북엇국

속 비우는 기침소리로 잠 깬 아침에는
막사발 휘휘 저어도 고단한 일상은 늘
축축한 그의 울음을 건져내지 못했다

등뼈를 곧추세워 제 몸을 추슬러도
마지막 해면을 유영했을 지느러미
짙푸른 바람의 명치 수심의 단내 넘쳐

속 쓰린 가슴 안에 태양초를 풀어놓고
잘 마른 살을 풀어 맑은 혼 받아내도
한 사발 눈물 깨우는 아버지의 싸한 술내

간이역 2

제 마음
놓친 사람이
오고가는 길 끝에

침묵으로
헤매던

밤새
헤매던 길 끝에

백 년도 그렁그렁 잠시,

왔다가 그냥 갑니다

옹기장이

옹기장이 아재 그 마음 빚어낼 때
흙과 사람 한 몸으로 어우러져

옹기는
의젓한 얼굴
아재 닮아 넉넉했네

고운 놈 미운 놈 순한 놈 야문 놈
바람꽃 환희 일 때 옹기종기 모여 앉으니

떠돌이
아재의 하늘엔
까치밥 붉게 익는다

증명사진 2

어느 날은 아기였다
또
어느 날은 할머니

늙어 가는데 한 장 사진으로 증명될까
먼 훗날 아기였다 할까 할매였다 말할까

이승에서 저승 갈 때
증명은 무엇으로 하나

올 때의 모습일까
갈 때의 모습일까

저승 행 여권엔 맘 붙일까
아니면
정붙일까

아버지는 농부

배꽃 이는 골
농부는
세월을 경작했네

마음을 심고
지혜를 기다렸네

단물 든
세상은 아니었네

지듯 떠난 봄이었네

정거장 방담

얼레 날 더운 게 이 차도 더우 먹었당가

쩔쩔 끓으면서 도통 떠날 줄을 몰러

시절이
하 어수선 헝게
빠스도 감서 쉼서 하는가

찬바람 씽씽 나오는 것두 없능감 푹푹 찌는디

땅이 타니께 속에서는 천불이여

윗다메
인정도 많제 차도 달래감서 부리는가벼

폐가의 오후

한 축 무너져 내린 슬레이트 지붕 아래
두고 간 미소일까 장독대엔 환한 개망초
이끼 낀 작은 댓돌엔 슬리퍼 한 짝 뒹굴고

비워둔 구석구석 바람이나 비가 들고
채송화 같던 할매 흔적만 더러 남아
툇마루 씨오쟁이도 그녀처럼 굽어간다

그을음 눈빛처럼 흩어져 그날 같은데
쓴맛에 진저리치던 소주병 몇 개 뒹굴고
그때는 생각 못했던 그리움만 수북하다

가을엔

강물이 보고 싶어 물마루 집에 갔다

창밖은 이미 어두워 불빛만 낡이고

할배는 세상 쓴맛에 혼자도 잔을 턴다

다 어디로 갔을까 잔, 잔에 잎이 진다

풀어진 기억 속 하얗게 웃는 얼굴

그 이름 떠오르지 않아 그리움에도 이 빠진다

소설쯤엔

날고 싶은 홀씨 마른 잎사귀를 흔들 때

발 뿌리 차인 인연 홍조로 볼 붉어도

하룻밤 맹세로 올린 신열 냉골에 가득하다

환한 눈물빛 이내 바람 길로 번지고

빛바랜 구절초 제 이름을 지워낼 때

핼쑥한 그녀 미소는 언 손에 한 장 낙엽

동심초
── 설도*

명치를 날던 새는 시심의 여울서 울고

애모의 흔적 올린 화선지 행간마다

연분홍 앞섶을 잡고선 깃기바람 한 자락

생각 그 조차도 잠든 산을 들깨우고

달 하나를 품고도 갈잎처럼 붉어져

하늘 땅 그 사이에서 꽃비로나 젖는다

* 설도는 당대의 기녀. 백거이(白居易), 원진(元眞), 유우석(劉禹錫), 두
목(杜牧) 등과 교류가 많았는데 이들 중 원진과의 정분은 각별했다. 동심
초 가사는 설도(薛濤)의 춘망사를 김안서가 번역한 것이다.

용화산을 오르다

용화산 구름 안개 들꽃 환희 올리고
코 없는 석인상 좁은 어깨 들썩일 때
제풀에 먹물 든 산자락 우는 귀를 달랜다

뒤꽂이 빼준 여인 속 깊은 흔적일까
허방 친 사람살이 별뉘 같은 돌로 서니
눈부처 어둔 그림자 그도 어찌 못한 놀빛

구음의 정수리에 은가락지 뽑아 던진
만경강 고추바람 등줄기를 후려치니
산발치 꿈꾸던 녹두새
아! 그도 숨이 찬가

* 익산시 금마면 기양리에 위치한 용화산에는 전설과 많은 유적이 있으
며 남쪽에는 미륵사지가 있다.

해망동 풍경

굳은 관절을 꺾인 비린내의 층층마다
침전된 욕망의 잔해 허리띠를 푼다
풋내로 잘 묶인 실핏줄엔 현란한 칼끝의 자비

잔마다 부어버린 박제된 허기 속으로
추억 스멀스멀 뼛속을 기어오르고
할머니 걸쭉한 푸념 마른안주로 올라온다

위하여를 불러도 나가자를 외쳐도
살점 위에 맥없이 떨어진 눈빛
부르튼 그의 입술에서 흔들리는 무채 한 가닥

제 2 부

아버지의 새벽

선잠 몰고 나온 인력시장 눈발 차다
싸구려 커피로 단내를 떨어내고
축축한 모닥불의 새벽 수인들은 늘어선다

희망은 봄눈처럼 풀어져 얼룽일 때
밭은기침 속에 다 타버린 꽁초 몇 개
아직도 시린 발자국 그 견딤을 찍어낸다

허기로 찌든 눈썹 끝에 공친 또 하루가
근심 같은 햇귀 그림자의 뒤 밟아도
새까만 비닐봉지 속 붕어빵이 따뜻하다

벌목 2

울창하던 소나무숲 반쯤 넘어 잘렸다
마르지 못한 속잎 붉은 등성이를 덮고
육중한 포클레인에 저항의 몸짓이다

우지끈 넘어져버린 풍장의 식솔 따라
찢겨진 살점 나이테를 적실 때
울울한 시간을 찜한 그 알몸의 톱자국들

대책 없이 몸을 내준 육탈의 시간 속에
짓밟힌 낙엽 몇 잎에 기침하다
옹이진 세월 다 빠진 할배 헛헛한 그 웃음소리

적막

― 쓰나미

그날 맨발로 떠난 연오랑과 세오녀*
바람꽃 이는 수평선 아직도 맨발일까
열도는 버섯구름에 떠다니는 물의 만장!

기도와 비명 눈물 펑펑 넘쳐나는
냉이꽃* 까무룩 떠있는 너울 속
그날 그 하늘에 일던 버섯구름을 봤다

꽃으로 일던 원폭 툭 떨어진 동백처럼
사나운 몸짓 그 고요를 곱씹으니
큰물에 한 빛으로 일던 울음의 뜻 알겠네

* 연오와 세오가 일본으로 건너가게 되자 일월이 빛을 잃었다가 세오의
비단으로 제사를 지내자 다시 빛을 회복하게 되었다는 설화.
* 가람 선생님의 시조.

쓰나미 뒤에

끓는 바다 허공을 가르고 달리는 파도
나무와 집들 자동차와 비행기
소인국 장난감들이 쓸리고 뒹굴었다

물너울 줄 세워도 복쟁이는 목이 메고
깃털로 나는 꽃씨 맘 두고 간 그날처럼
"썩어도 자르지는 말아줘요 잠시 쉬고 있을게요"*

* 2011년 3월 11동일본 대지진 때 7만 그루의 소나무 중 유일하게 살아남
았다가 죽은 기적의 소나무 옆에 다음과 같은 팻말의 문구가 있다. "한
그루 나무의 바람 / 조금 쉬겠습니다. 하지만 썩어도 자르지는 말아줘요.
언젠가 꼭 변한 모습으로 다시 살아날 테니까요."

느티나무

바람의 몸짓으로 풀어낸 만가일까
막사발에 뜬 낮달로 놓인 장기판 위로
짙푸른 시간을 여윈 그 적막이 무겁다

켜로 쌓인 돌무덤엔 시루떡이 놓이고
꼬부랑 지팡이 순례 삼아 들락거릴 때
우듬지 돋아난 잎사귀 세월만큼 파랗다

터지고 갈라지고 언제부턴가 썩어간다
참새와 지팡이 설왕설래 휘돌아도
백년의 조신한 꿈이 노니는 몇 장의 잎사귀

섬진강 풍경 2
— 방생

잡은 손 사이로
어머니의 강이 흐른다

백년을 살까
한 천년을 살까

섬진강
재첩은 죽어

제 혼을 방생한다

몬도가네

1.
여섯시 내 고향에 방송 한번 타겠다고
사십 년 만에 간판을 닦았다는 그 집
전화통 불이 났단다 중앙통 허술한 닭집

남자에겐 정력을 여자는 도자기피부
변강쇠와 옹녀를 꿈꾼 그들의 새벽

보신 좀 되셨나요 당신,
알 속에서
짹짹짹

2.
암만 거시기 혀도 머시기한 사내가 으뜸이제
아니다 아무리 캐사봐라 그런 이바구에 속이 맹그르한가
 선하품 자꾸만 난다 뼛속까지 비릿한 그와 닭다리를 뜯
은 날은

* 익산시 중앙시장에는 부화 직전의 계란을 파는 가계가 있었다.

41

구름산방

— 백수선생님 댁에서

구름 산방 비비새는 사비약사비약 울고

청 높은 시인의 노래 천의 현을 고르니

초사흘 뜨다만 달님 두 귀 쫑긋 세운다

비비새의 봄노래가 노 시인의 그 청산이

봄이 여름이 떠나간 가을앓이에

초저녁 성성한 황악산엔 그윽한 절집 한 채

사리장엄

적멸의 궁전 수많은 길, 모이고 모여
하늘과 땅으로 만난 열망의 한 끝
천년도 한 줌 꽃인가 환히 멍울진 산발치

침묵의 산을 깨운 발원의 몸짓들이
관식마저 뽑아 올린 맘 꽃으로 놓이니
영롱한 부활의 금빛 그의 몸을 보이신다

고귀한 기별일까 미륵산 안개 속으로
서늘한 침묵 부스스 일어서도
연화문 인동넝쿨 속 아직도 난 모르겠네

* 지난 2009년 1월 익산 미륵사지석탑 해체 작업 중 사리장엄을 발견하
였는데, 사리장엄은 백제 예술의 진수를 보여준다.

어느 하루

쓴 약처럼
목을 조이는
후회는 때가 없어

연습 없는 한 생
사랑하고
또
이별한

창밖은 궂은비 내린다
너 하나로 저문 날은

노을

낚대 드리우면 아버지는 기도하는 물결
그 곁에 난 손차양한 작은 들꽃
넓은 등 낮은 기침소리로 신작로를 응시하던

줄 하나의 욕심 덫에 치여 팔딱인다
쌓았다 허문 자리엔 휘인 낚대뿐
먼 세상 이야기들이 찌 끝에서 깔딱인다

방부제 든 떡밥을 삼켜버린 그날부터
색색의 바늘 끝엔 욕망의 독이 붉고
유혹은 피할 수 없다 널 피할 수 없듯이

반짝이 그물

반짝이의 유행은 그녀처럼 화사했다
알 수 없는 꽃빛에 아우성치는 참새 떼
논두렁 멀미하는 콩꽃들 혼절하는 저녁놀

열일곱의 청상은 목구멍이 포도청이라
허기로 내려 받은 까만 핏덩이 끌어안고
벼꽃은 알 수 없던 눈물에 혼절하던 세월 건너

그 아이의 새총도 허수아비도 없는데
할미와 참새 떼 수군대던 그날처럼
양색시 분 내에 취해 훔쳐보던 열두 폭 치마

비목

색색의 안전모를 깊숙이 눌러쓰고
깡말라 키를 세운 앙상한 허수아비
잔술에 고개 떨구던 바로 그의 모습이네

노을 깊던 피아골 낙엽 지던 그날처럼
우우우, 우우우 울 엄니 배곯는다
오라비 홍안을 묻은 열아홉 바람 속에

가슴에 앉힌 돌탑 무시로 울던 새떼
그 골짝 두고 온 이름에 새긴 잎새처럼
어머니 가슴에 비목 울음 참아 검붉다

* 기찻길 옆 논에는 안전모를 쓴 허수아비가 몇 개나 있었다.

천불천탑

― 운주사

눈물과 바람뿐인 푸석돌의 부처님
모여든 기원에 생각이 너무 많아
생병이 나셨나보다, 바람 소리 울울하다

순간과 영원의 그쯤, 그쯤에서 흔들리는
코를 떼어내도 얼굴은 알 수 없어도
아직도 묵음의 정진 중 한 말씀 없으시다

수수한 아비 얼굴 그렁한 애미 얼굴
애끊던 흔적만이 그 길 끝에 아득해
산다화 우수수 지니 돌로 서고 돌로 앉는다

함라 삼부자 집

고가로 남은 그들 풍문처럼 흩어져도
삼베치마 걷어들은 사연 켜로 쌓이고
말술에 정 많던 아재 솟을대문 나선다

녹두 바람에도 가마니 쌀로 밥을 짓던
무명적삼의 할매 다 어디 갔을까
함라산 고즈넉한 노을엔 풍문 같은 정만 남고

침묵의 계절 비운 바람의 추임새로
아름다운 꽃담 사슴 아직 뛰노는데
새하얀 모시 두루마기 굽은 길을 돌아간다

* 익산시 함라에 있는 99칸 고가.

철거 현장

쇠꼬챙이를 물고 날아가는 까치를 봤다
둥지에 박혀버린 갈고리의 한기로
허공엔 서늘한 화살 전선 따라 윙윙 울고

그 창창한 철심의 시위에 헐려나가던
순간의 몸짓 허술한 힘의 의미로
한순간 직립을 꿈꾸던 깃털 몇 개 날리고

쇠꼬챙이를 물고 날아가던 까치는 봤다
재개발만이 살길 펄럭이는 글귀 사이로
부러진 쇠꼬챙이로 멀쩡한 벽을 깨는 할배를

솟대

― 논산역에서

꿍음 속의 저 솟대 누구를 기다리나
길 위의 사람들

가고
오고,
또 간다

한복판 질러가는 빗금 두 줄의 귀 울음에

사람살이엔 설움도 많아
그대 떠나는가

사랑도 잠시 세월도 잠시 잠깐

아득히 사라진 길 끝
오늘 나와 이별이다

날개 꿈꾸지 않는다
― 여산면민 운동회에서 동춘 서커스를 보고

목에 줄을 감은 이국의 앳된 소녀는
크레인에 매달린 채 허공을 날아간다
눈부신 반짝이 옷에는 가을볕이 부서지고

새를 꿈꾸던 그리움의 흰 손사래에
날개를 잃어버린 떠돌이 아기별은
열일곱 소녀의 목에 붉은 흔적을 남겼다

고향은 지척인데 늘 그 자리를 맴돌던
실향민 할머니의 노망 난 하루처럼
견고한 소녀의 목줄은 날개 꿈꾸지 않는다

제**3**부

어떤 이별은

떫은 감꽃의 허기로 밀어올린 10월 상달

쭈그렁 얼굴 하나
홍시처럼 묶였을까

긴긴 날 북쪽을 향한
안개꽃 가득했다

제 가슴 꾹꾹 밟고 온 댑바람의 자국 따라

솟대 높이 올려도 한생은 늘 새의 맘

무시로 불집을 놓던 수심 깊은 달만 봤다

검은 비닐봉지

몇 백 년 뒤에 썩어지나 묻지 마세요

꽉 붙들어 맨 속내야 내보일 수 없어도

고샅길 술내에 묻어가는 그 아들의 눈망울을

일상이 그 얼마나 따뜻한지 묻지 마세요

동전 몇 닢으로 채운 풀빵이나 군고구마

아비가 숨차게 들고 온 시린 그 깜장 빛깔을

그 가을의 금강

굽은 관절들이 설설 기는 모래톱 따라

출렁 밀려오는 그리움에 새들은 떠나고

하얗게 몸져누운 바람
그 따라 환생한 갈대

빈손으로 왔다가 가는 길이 맨발일 때

끝내 삭이지 못한 귀엣 소리 반은 울음이라

축축한 은자의 전언에
몸살 앓던 울 엄니

봄이 다 갔네

계절치레에 한 보름
죽도록 앓고 나니

창밖은 속잎 피어
연두 빛깔 손사래

흩어진
꽃잎의 부음

나의 봄을 조상한다

서해대교

1.
사람의 작은 손이 모이고 모여 일냈다

나무를 베듯이 산을 깎아내듯이 바다를 가로질러 말뚝을 박고 시멘트를 들이붓고 함바집 설익은 고봉밥을 넣고 낙화유수를 목청껏 쏟아 붓고 가장의 어깨와 아내들의 투레질에 식은 커피를 맹물 키듯 섞어 마시고 지층을 울리는 굉음과 수없이 일어나는 가슴팍의 실족, 저승에서도 보일 만큼 푸른 불빛을 이어 붙이며 자괴감에 멍든 이명을 안주 삼아 살을 태우는 폭염과 눈보라 속에서 바다의 울음보다 어머니의 울음보다 더 선명한 중앙선을 긋고 목숨만큼 길고 긴 다리를 빚어냈다

칠석날 머리 벗어진 까치 문패 하나 걸었다

2.
맨몸으로 짊어진 아버지의 하늘 밖에
등골 뽑아 세운 장대 하나 높게 올리고
포장된 욕망의 출구 등을 걸어 밝힌다

성산일출봉 이야기

게다 끌던 사내는 대지의 뜻을 몰라
정한 바위를 깨고 바위굴을 뚫고
화약내 제 코에 묻으며 땅따먹기에 목밀렀다

수난의 흔적 남은 바위 아직도 침묵인가
구멍 난 미로에는 몇 마리 박쥐 날고
가끔은 그물코에 걸린 제 울음을 걷어낸다

어둠 지우지 못한 먼 생의 물그림자로
포말의 역사는 소문처럼 떠다니고
때로는 늙은 해녀가 혈마다 언 몸 부린다

그 여자의 시

다 닳은 펜 끝에서 연명을 꿈꾸다가
한 줄의 낙서로 때론 한 잔의 술로
찬 손에 애써 맘 달래다 눈자위 붉어지는

제 목숨 갉아먹는 낡은 구두창처럼
빗물을 들이고 땀내로 들락대다
축축한 단벌의 허기 밤마다 꿈을 꾸는

제 맘 읽어내지 못한 낙서 속 그처럼
주름진 눈가엔 미련이 줄줄 새는
목마른 그 여자의 시는 늘 목이 부어 있다

배반과 공존

― 부안에서

소금꽃 사라진 땅 화석의 요람인가
생매장 된 뱃머리 상실의 깃대 세우고
그늘진 술잔 밑으로 낡은 적멸의 담배연기

먼빛 장승 징소리로 추억 애써 지우고
입이 번 조개들은 햇살 받아 속 말릴 때
줄무늬 골마다 남은 천년 밀어의 조개무지

뽀얀 비명 일렁이는 바람 자리 돌고 돌아
도진 가슴앓이에 메밀꽃 이는 바다
풍장에 몸 맡긴 혈마다 넋인 냥 앉은 풀꽃

새싹

무한자루 선물 받고
몇날 며칠 궁리 끝에

한 개를 꺼내보니
검게 썩어 들어간다

검버섯
얼룩덜룩한 아랫말
꼬부랑 할미네

삼동을 훌쩍 넘긴 무 타고난 습관일까

거뭇한 몸뚱이는 사리도 없이 썩어가고

홍건히 뭉그러지고 바람 들어도 파란 새싹

김치냉장고

허리끈에 몸 묶고 물그림자로 밤을 지샌
아잇적 싱아 맛으로 싸한 군침 돌 때
어머니 애물단지는 물 맞은 단내였다

이가 부실해지고 입맛이 떨어질 때쯤
궁리 끝에 거금 주고 장독 하나 들였네
4개월 김장김치 맛이란 그 달콤한 글귀에

잃어버린 입맛은 쉬 돌아오지 않았다
견딤을 모르는 날탱이의 풋내로
게으름 다 쓸어 넣어 묵혀 둔 군입 단지

견물생심
- TV 앞에서

땡전 한 푼 없어도 구경은 열심이다

백만 원 이백만 원
에구머니
오백만 원

숫자는 올라가는데 혈압은 왜 내려갈까

여자는 늙어갈수록 날개가 시리다우

반짝이를 목에 걸고 꽃빛 분을 바르고

아줌마 헛된 욕심에 실실 바람 드는 주머니

겨울 산방

바라볼수록 안쓰러워 털어내라 비워내라

수척한 바람 소리에 설마 했던 그도 가고

남겨진 목어는 알까
이 산만한 허무를……

약속 없이 무너지는
여자의 내리막길로

그리움 길로 쌓여
명치 밟아 오르니

따고난 본병의 우울일까
수선화 얼어 있다

옹달샘

"앞니 빠진 중강새

우물가에 가지 마라"

무지개 걸린 옹달샘

넘처나는 옹알이로

퐁퐁퐁 고운 모래는

잦은 몰이 나섰다

매화

두꺼운 외투 벗고 봄 마중을 나섰다
꽃은 이미 져 짓무른 계곡
봄빛에 늘어진 나는 이른 꽃을 조상했다

사진을 찍고 솜사탕을 핥아먹으며
계곡을 오른다 꽃잎 밟아간다
부음을 따라 오르며 이 저승 같이 봤다

굽은 허리의 체증 청보리밭 바위로 놓고
기억 밖을 돌아나간 어머니의 보릿고개
꽃상여 나가는 소리로 먼 산도 눈물 흰빛

황사와 목련

꽃구경 나섰는데 황사바람 몰아친다

목련꽃 흐드러진 천공의 어둠으로

울 엄니 하얀 소복에 물들겠다 때 타겠다

앞이 보이지 않아 체념의 입술 물어도

바람 앞에 수인은 손풍금을 울리고

봄날은 순례의 땅을 간다 낮달 같은 등불 켜고

낮달

예배당
종각 끝에 걸린
십자가처럼

만져보고 싶지만
손 타면 안 되겠지

남 몰래

감춰두고 싶어
실눈 뜨고 살핀다

탑
— 미륵사지

바람의 키를 몰라 굽은 목을 줄일 때
울림 없는 목탁 전해줄 불심도 잊어

탑 돌아
꽃씨 날리는 풍경이나 두드린다

하늘 봐도 땅을 봐도 몸 무거운 바람
자바라 울리던 장삼 그림자만 세워두고

바람은
미망의 수레 키를 줄여 맞는다

아버지의 방

돋보기 혼자 지킨 그 자리 아무도 없다

식은 찻잔 화석처럼 저 혼자 뒹굴고

마지막 속살까지 비운 그 적막이 무겁다

거푸집을 짓고 허물던 욕망도 다 삭아

혼불 밝힌 등성이 바위꽃 피고 져도

한번은 안기고 싶은 그 앙상한 당간지주

에밀레 그 전설에 대하여

애비의 담금질에
에미의
그
혼을 입혀

천 년의 울음을
만 년의 귀 울음으로

축축이
적시는 이 땅

그 득음의 방생이여

제4부

선풍기 1

신붓감 첫 상면날도 지켜 앉아 있었다
콧잔등 송송 맺힌 땀방울로 번지다가
온종일 툴툴대는 그녀 열기만큼 돌았다

조신한 홍조는 늙어 푹 퍼진 아줌마
후끈한 바람이나마 안간힘으로 쏟아내도
고려장 간신히 면한 뒷방 퇴물 신세네

사람도 늙으면 할 말이 너무나 많아
벽이나 사람이나 가리잖고 푸념이라더니
한물간 부엌데기와 한 몸으로 상엿소리

운주사 천불천탑

막돌에 자갈 품어도

일어나라!

일어나라!

삼생 울음 희게 올린

소지의 환생으로

청솔 밭

못난이 부처님도

그 코는 깨져 있다

장미 한 송이

외떨어진 노인 병원
가쁜 숨소리를 잊으려

어쩌다 들린 휴게소
식탁엔 장미 한 송이

마지막
떨고 있는 적막
한 잎이 지려 한다

의리안치 된 병속
꽃가루 날리는 고해

시든 꽃잎 생각 없이 밟고 간 죄로

그녀가
부르던 한생 세상 밖을 걷는다

상장

꽃상여 뒤따라서

나비
        나비

           하얀 나비 떼

질펀한 꽃비 사이로
요령소리 산을 넘고

한 목숨
남기고 떠난

그 봄의

다비
        다비

출근길

잠 깊어도 줄지 않는 등짐의 그 무게로
헌화가 한 자락에 젊음 쉽게 가버리고
먹물 든 허물 들춰본다 괜스레 조바심치다

핸드폰 빽빽 우는 선잠 깬 뒤꿈치에는
버릇처럼 쏟는 배부른 아내의 헛구역질
비만한 그들의 아침 숙취 풀어 삼킨다

검은 정장의 행렬 사열을 시작했다
현란한 목줄 콧수건처럼 달아매고
전생에 지은 죄가 무거운 낙타의 눈을 봤다

어머니의 봄

어매가 남기고 간 봄
배꽃
뚝
뚝
진다

사랑니 쿡쿡 쑤시던
열두 겹 굴레 속에서

한나절
울어도 좋을

등성이 전설 속으로

후회

그의 몸짓
맘에 담아 두지 않았다

살며 무뎌진
가을이
겨울이 쌓여

투명한 넋이 나가는 꽃상여 한 채만 봤다

외로움에 뼈가 저린 배꽃 환한 봄이 와도
얼룩진 자국마다 흔적은 남아
아득한 기억의 저편 잔기침으로 이는 바람꽃

감자꽃

감자가 싹이 났다
쪼글쪼글 말라 있다

울 엄니 묻히던 날 감자처럼 마른 얼굴

어허라, 어허라 달공 꼭 숨어라 꼭꼭 숨어라

임자 없는 밭에도
감자꽃이 흐드러졌다

새알심 같은 알이 슬고 자줏빛 꽃이 피고

어허라, 어허라 달공 엄니 가슴팍에 분났다

제주 풍경

설산 풀린 물빛에
가슴이 저려 와서

숭숭 뚫린 현무암에
바람 높게 올리고

혼자도
농익은 그리움에

때론

흔들리는
유채꽃

백 년의 소리
― 백담사에서 장사익 공연을 보다

산의 소리 물의 소리 애비의 울음 듣다

마른 침 두어 번 꿀꺽 삼키니

남산골 홍만 남은 들병이 굽은 허리 들썩인다

자지러지던 허공 단풍 한 잎 내리니

돌아 앉아 터지는 석불의 속울음에

눈부처 어둔 낯빛은 산보다 더 깊은 적막

질경이꽃

맑은 눈물 웃음으로 받아낸 그의 한 생

알아본 눈 있을까 마음이 있을까

발밑에 쓰러진 질경이 염치없는 날 본다

밟히고 끊어져도 꽃잎 일어 재우는 밤

정 많고 눈물도 많은 바람의 명치라서

묻어둔 심화로 피운 어혈은 망울망울 단심

쇼핑 중독

소통의 길이 막힌 불혹의 빈 둥성이

바람벽 친 홀씨 마지막 난장칠 때

알큰한 유혹의 부름 받은 손가락만 바쁘다

한세상 버림받은 유언은 사리가 되어

빈 주머니의 숫자 붉은 수의를 꺼내 입고

본태성 허기를 채운 사재기를 시작했다

씨내림

지층의 눈높이를 가늠하지 못한 탓에
알몸의 쭉정이 제 풀에 자지러져도
호젓한 밤의 우리엔 씨내림의 잠이 깊다

홍안의 기억들이 마른 잎사귀 비벼댈 때
걸어둔 씨오쟁이 뭉근한 젖내 때문에
목까지 차오른 속살 열린 문으로 나갔다

지팡이 자국마다 남은 할머니의 흔적처럼
고의춤에 찔러둔 떡잎 굽은 목을 세울 때
고샅길 다 젖은 산고에 자위 튼 애기똥풀

패션쇼 2

큐비트의 화살 맞은 젊음 거기 있었다
열아홉에 훔쳐 본 허리춤의 살빛으로
신 내린 유혹의 문 밀고 키 재기를 시작했다

잊힌 약속처럼 덧없던 젊음의 건들바람
날개의 흔적 시간 밖을 걸어 나가고
아줌마 굽은 등에선 싸한 쉰내 번진다

그 긴 다리 우아한 걸음걸이의 환상
물빛 곡옥의 미련 가는 목을 졸라매고
순장된 욕망 사르는 불꽃놀이는 계속됐다

홀씨의 바람

줄행랑치는 봄날 안개비 자욱했다

이별인 줄 몰라
바람의 뜻을 몰라

한 떨기 잎새를 열고
날개를 꿈꾸었다

새까맣게 탄 그리움 달무리로 차오르니

바라보는 것도 덫
만국기처럼 흔들리다

완강한 씨내림에 밀린
그의 봄은 꽃샘바람

산사의 아침

적막보다 깊은 속을 그 누가 알랴만

눈빛 선한 스님 잔기침으로 달빛 올릴 때

풍경은 몇 구절 반야경 온몸으로 읊었다

북소리 밤으로 울고 뽀얀 보랏빛 아침

자비의 마음 하나 건져내지 못해

귓가에 목탁 소리는 굴렁쇠로 앞을 선다

연탄재 2

고래 속 같은 세상 뜨겁게 산 죄로

등골 하얗게 비운 몸 기침 쿡쿡 날린다

고려장 어제 오늘 일 아니건만 할미를 닮아 있다

누군가를 사랑한 죄로 문드러진 뼈마디에

허기만큼 깊어진 그 한 줌 무게로

수의야 중국산이래도 화장터 불꽃 환하다

제5부

명절 대이동

하늘도 옹이 있나 때 없이 울고불고
심술도 그 정도면 풀렸음 직도 한데
추석이 내일 모레인데 땅덩이 둥둥 떠 있다

봉당 끝에 댑싸리처럼 제 풀에 커가던
웃음소리 또르르 맨발의 딸고만이
한 다발 풋콩처럼 다정한 태 묻은 그곳으로

동구 밖 어머니가 낡은 수건 벗어들고
글썽이던 눈바래기로 오래 서 계시던
해맑게 손사래 치는

그 곳으로

그 곳으로

미륵사지

무너진
하늘
한 겹

옛사람의 흔적만큼

소망의 천년 얼굴

정토의 좌대 같아

전생이 궁금한 아줌마

한 개 돌로 채인다

장날 버스

― 솜리 장날

아따! 속 타 죽것는디 환장허겄네 우리 같은 무지랭이는 목구녕이 포도청이여

날씨가 겁나게 요상항게로 삭신이 제대로 쑥쑥 데네 워~메 속 타 죽것는디 이 차는 더우 먹었당가 워쩌꼼 복날 개만치로 헐떡거리면서 꼼짝도 않는 당가 싸게싸게 가보드라고

우리도 먹고는 살아야 항게 쪼매만 기다리슈 워메 징헝거 큰물 들어 농사 망쳐담서 팔 것이 있는감 쉬엄쉬엄 굴러도 인생은 순간이랑게요

모나리자의 미소

누구든 그렇게 웃고 싶지 않겠는가

미소를 꿈꾼 무수리의 아침

아무도 웃어주지 않았다 반기지도 않았다

등신불의 그림자는 아직 수행 중이라

어둠의 흔적 정물로 걸린 연민

바람벽 선소리로 남은 할매가 웃고 있다

축축한 맘 비우니 눈물만도 꽃빛일까

때론 서러워 헛꿈에 밀려 살아도

빛바랜 흑백의 사진 속
울음인 듯 웃음인 듯

몽돌 3
― 거제에서

나이테 지운 목숨
그 성혈의 몸짓으로

침묵도 세월로 비운
저 모습을 보세요

닳아진
눈물자국이 아름다운
저 몽돌을

스스로 묶인 매듭으로 발밑이 흐려올 때

어둠의 시원에선 순결한 몸짓 따라

막막한 가슴 울리는 종소리를 듣습니다

왕궁탑

그림자밟기를 멈추지 못한 그대의 마음

억만 개의 혈마다 일천 덩이의 눈물마다

하늘로 소통하고픈 숫대 하나 세웠다

품어 올린 기원의 햇살도 꺾어 세운

신은 얼마큼의 조아림이 필요한가

온 마음

쌓고

또

쌓아올린

열망의 그 정점에

만경강가에서

녹두꽃이 떨어진 날
들풀도 목이 잠겨

멍 자국이 깊은 함성
무념의 절 올리고

방생에
두 손 모아도
선불 맞은 세월만 봤네

강변 그림자

피라미의 입질에도 맥없이 흔들리다
수심의 깊이만큼 헛숨이 가빠지던
젊음도 한 움큼씩 빠져나가던 가을강의 놀빛

찌 끝의 아우성을 물무늬로 지워내다
철없던 그림자도 어둡게 색이 죽고
아까운 나이였음을 알아 깊어지던 바람소리

생각마저 꼭꼭 여미던 할아비의 갈증처럼
수런대는 슬픔 열꽃도 때론 삭겠지
놀빛에 눈 붉은 태공 반가사유상 그렸네

섬과 너울

섬이고 싶은 파도와 너울이고 싶은 섬
어지러움과 목마름으로 부활을 키질하다
비켜 간 약속을 핑계로 빈 낚대만 올린다

햇살이 그냥 좋은 섬 바람이 좋은 파도
일상의 무거리가 놓인 애증의 경계쯤에
충혈된 탐닉의 더듬이 푸른 멍을 보인다

함께 있어도 하나 될 수 없는 살품의 한기로
눈물 묻은 섬과 마음을 묻은 파도
축축한 침묵 대신할 허물벗기를 시작한다

강물이었네

누구의 기억일까
풀어놓으니 강물이네

앉은뱅이 그림자로 꽃물 든 강변

바람에 떠돌던 석인상
젖은 발이 저리다

싸늘한 바늘 끝에 묶여있는 너를 보다
이유도 모르는 채 시르죽은 난 떨고

잡아챈 낚대 끝에서
아찔한 눈매 봤다

파랗게 몸을 떠는 이 저승 경계쯤에서

온몸에 번지는 그리움의 빛깔로는

마지막 놀빛 등진 널 마주볼 수는 없다

유월의 그 항구

어부의 휘날리는 백발
너울을 닮아 있다

가물가물
먼
기억의 숲을 뒤척이며

그 파란
소망을 넘어 그물코를 깁는다

총성에 내려앉는
가슴 속
둔통 알까

뱃고동은 목이 쉬어 수심 더 푸르고

가슴팍
둥둥 뜬 그리움에 흥건히 젖는 놀

쓰레기통 2

바람의 눈높이만큼
쌓여가는 부채처럼

배는 불러도 오욕의 밤은 깊어
누군가 뱉어낸 푸념 명다리를 잇는다

거리를 범한 몸
상상임신에 배를 내밀고

모가지 외로 꽈도 새벽마다 종은 울려
발 뿌리 채인 인연들 목숨 붉게 올린 소지

이어도 그곳엔

바람 그 명치에서 울던 눈빛 선한 사내여
뜬 섬에 작은 별 어떤 노래 부르는가
마라도 남서쪽 그곳 이 저승의 경계쯤에서

피안을 꿈꾸던 어부 바위에 새긴 물길로
꿈이 기억하는 대로 하얗게 솟은
정 많은 사내의 혼령 아직도 눈바래기 하는

해원의 세월 건너 돌아온 사랑 없어도
햇덩이 가슴에 품은 수평선 저 너머
너는 늘 거기 있었다 새가 날던 맘속에

껌의 용도

목까지 차오른 욕심을 뱉어버렸다

어제가 생각나 질근질근 퉤퉤퉤, 못한 말 삭혀내느라 우
물우물 퉤퉤퉤, 중독된 허기로 질근질근 퉤퉤, 더러워 더
러워서 짤각짤각 퉤퉤, 세상이 우스워서 쫙 쫙 퉤퉤퉤퉤,
눈물이 보일까봐 잘근잘근 퉤퉤퉤 때로는 버릇처럼 퉤퉤
퉤 퉤퉤퉤퉤

껌딱지 그들만큼 흔했다 감춰 둔 어둠만큼

광녀의 독백

그의 말은 신의 소리를 닮았기에
귀가 작은 우리는 들을 수 없었다
메마른 자유를 거부한 뜬 섬의 꽃 이파리

메아리를 잃어버린 잎맥의 줄기마다
그녀도 어쩔 수 없는 퍼런 독이 슬고
견고한 단절의 성엔 무수한 별이 뜬다

마음을 열지 못해 타들어가는 앞섶에서
잿빛 그림자는 별나라 아이처럼

맘 하나 전하지 못한
꽃 한 송이 품고 산다

그 길 끝에

얼음 녹는 소리로 웃던 흰 손사래에

앙상한 침묵 올올이 풀어내니

감춰도 툭 떨어지는 영롱한 방울방울

바람의 뜻을 묻던 하현의 적막 속에

마지막 떠는 잎새 은침 맞은 자리엔

바위섬 혼자 선 나처럼 그 하늘도 흔들린다

해설

존재론적 근원과 궁극의 서정

/유성호

존재론적 근원과 궁극의 서정

유성호
문학평론가 · 한양대 교수

1. 근원과 궁극의 통합과 개진

양점숙 시인의 시조는 삶의 구체적 실감을 중시하는 심층적 경험의 미학을 담고 있다. 시인은 시조만이 가질 수 있는 고유한 사유와 표현 방식을 통해 경험적 실감과 구체성을 점증漸增시켜간다. 그리고 그 목소리는 정형의 울타리 속에 담길 법한 인간의 원초적이고 미분화된 정서와 통합적인 삶의 이치를 줄곧 지향한다. 그 점에서 양점숙 시조는 삶의 순간순간에 깃들이는 조화와 통합의 양상을 포괄하면서 자유시형이 내비치는 균열의 미학과는 현저하게 구별되는 방향을 구축해간다. 말하자면 그녀의 시조는 이른바 동일성의 원리에 바탕을 둔 채 삶의 심미적 현재형을 구상화하는 데 그 존재 의미를 두고 있는 셈이다. 아닌 게 아니라 우리는 그녀의 시조를 통해 여러 경험적 표지標識는 물론 근원적이고 궁극적인 삶의 지표들을 찾아나서는 미학적 집념을 바라보게 된다. 그만큼 그녀는 가파른 경계를 형성했던 것들 사이에 부드러운 틈을 내면서 그것들이 한 몸으로 결속되어 있는 존재임을 증명해내고, 우리는 그 안에서 선형적 도식이나 구도가 소리 없이 허물어지면서 다양한 타자의 목소리가 한데 어울리는 수평적 풍경을 목도하게 된다. 가령 우리는 삶과 죽음, 빛과 어둠, 생성과 소멸 같은 것들이 선명하게 분절되는 대립 개념이 아니라, 하나의 몸으로 소용돌이치는 순간을 양점숙 시조를 통해 경험하게 되는 것이다. 이러한 상상적 전회 轉回를 통해 우리는 딱딱하게 굳은 감각에 더없는 갱신의 기회를 부여하게 되고, 근원과 궁극을 통합하고 개진하는 양점숙 시조의 세계 안으로 한 걸음씩 들어가게 된다.

2. 존재론적 기원의 호명과 상상

모든 서정시는 현실과 상상의 지극한 교호와 결합 과정에서 비로소 착상되고 씌어지게 마련이다. 이성의 면밀한 규율에 의해 파악되는 현실은 시인의 상상력을 통해 전혀 새로운 인식과 정서의 통로들을 만들어낸다. 그래서 우수한 서정시는 우리의 현실을 사실적으로 드러내면서도, 그것을 넘어설 수 있는 미학적 상상의 세계를 예비하여 그 접점을 풍요롭게 형상화한다. 그러니 시인마다 가진 개성적 상상력이야말로 우리의 삶 곳곳에 배어 있는 소진과 폐허의 기운을 치유하면서 새로운 존재론적 개진을 가져오게끔 해주는 형질로 기능하게 되는 것이다. 이는 전통적 서정의 원리로 여겨온 '회감回感'의 역할을 적극 추인하고 견지하는 동시에 우리가 새롭게 나아가야 할 어떤 차원을 암시하는 서정시의 본래적 기능이기도 할 것이다. 양점숙 시조는 이러한 차원을 존재론적 기원origin으로 호명하여 자신의 현존재를 이루는 불가피한 여건으로 상상해가는 일관된 특성을 보여준다. 이른바 '충만한 현재형'의 구축 과정이 그 안에 농울치고 있는 것이다. 다음 작품을 먼저 읽어보자.

한 목숨 소지 올리는 물안개를 따라
고란조 섯은 손금에 한 등 올리는 강물
역류의 먼 귀 울음으로 가끔은 비틀거린다

섬이 된 그리움은 물집 없는 맨발일까
수건 쓴 어머니 웃음의 반은 눈물이라
강물은 남쪽을 향해 꽃잎 몇 장 띄운다

꼭꼭 여미며 살아도 시간은 쉽게 갔다
귀 어둔 할매는 만 갈래 어둠을 끌고
쪽물 든 치맛말기 풀어 하늘로 맘 올린다

―「금강」 전문

금강에서 양점숙 시인은 "역류의 먼 귀 울음"을 듣는다. 그울음 속에는 "한 목숨 소지 올리는" 순간과 "젖은 손금에 한 등 올리는" 순간이 물안개와 강물의 형상을 따라 흘러가고 있다. 시인이 느끼는 "섬이 된 그리움"도 말하자면 그러한 오랜 존재의 기원을 따라 역류하곤 하는 것일 터이다. 따라서 거기에는 "수건 쓴 어머니 웃음의 반은 눈물"이었던 세월과 "꼭꼭 여미며 살아도" 흘러간 시간이 함께 출렁거리고 있다. 양점숙 시인은 "귀 어둔 할매는 만 갈래 어둠을 끌고/쪽물 든 치맛말기 풀어 하늘로" 마음을 올리는 금강에서 이렇듯 울음으로만 다가오는 존재의 먼 시원始原을 바라본다. 그러니 금강은 단순한 강물이 아니라 "어둠의 시원에선 순결한 몸짓 따라"(「몽돌 3」) 오는 오랜 시간을 은유하는 매개물이 되어주는 것이다. "얼룩진 자국마다 흔적은 남아"(「후회」) 오랜 역사를 일구어왔던 충일한 기원의 시간이 그 안에 흐르고 있기 때문이다.

어머니의 어깨는 늘 바람소리로 앓는다

빈 들처럼 쓸쓸해지다 그 시름에 들썩이다

허거져 질척한 눈부처 긴 노을을 끌고 간다

녹두새의 까만 눈동자 물빛 따라 떠나고

허락되지 않는 별을 꿈꾸던 그 계절

바람 든 그 마디마디 또 하나의 사랑 간다
— 「만경강 노을」 전문

아따! 속 타 죽겄는디 환장허겄네 우리 같은 무지랭이는 목구녕이 포도청이여

날씨가 겁나게 요상항게로 삭신이 제대로 쑥쑥 데네 워~메 속 타 죽겄는
디 이 차는 더우 먹었당가 워쩌꼼 복날 개만치로 헐떡거리면서 꼼짝도
않는 당가 싸게싸게 가보드라고

우리도 먹고는 살아야 항게 쪼매만 기다리슈 워-메 징헝거 큰물 들어 농
사 망쳐담서 팔 것이 있는감 쉬엄쉬엄 굴러도 인생은 순간이랑게요
—「장날 버스 - 솜리 장날」 전문

　　이 두 작품은 모두 양점숙 시인이 오래 살아온 지역의 풍경과
언어를 담고 있다. 먼저 앞의 작품에서 시인은 만경강 노을을
바라보면서 늘 바람소리로 앓으셨던 "어머니의 어깨"를 떠올린
다. 빈들처럼 쓸쓸하고 시름에 가득했던 어머니의 생애는 그렇
게 허기를 동반한 눈부처의 형상으로 다가온다. 만경강 긴 노을
을 끌고 가시는 어머니는 말할 것도 없이 시인의 존재론적 원적
原籍이다. 그리고 노을 짙은 강물은 시인으로 하여금 "녹두새의
까만 눈동자 물빛 따라 떠나고// 허락되지 않는 별을 꿈꾸던 그
계절"을 상상하게끔 하고 종내에는 "또 하나의 사랑"이 흘러가
는 것처럼 오랜 기억을 떠올리게끔 해주고 있다. 그 노을빛이야
말로 "온몸에 번지는 그리움의 빛깔"(「강물이었네」)인 셈이다.
뒤의 작품에서는 호남 방언의 전면적 도입으로 하여 시인의 원
형을 가능하게 한 언어적 자산을 보여준다. "아따!"는 솜리 장날
의 풍경을 사실적으로 재현하려는 시인의 감탄사이다. 속이 타
는 장날에 버스는 길이 막혀 나가지 못하는데, 버스 기사는 "우
리도 먹고는 살아야 항게 쪼매만 기다리슈" 하면서 "쉬엄쉬엄
굴러도 인생은 순간이랑게요" 하는 인생론을 살갑게 들려준다.

장날 버스에서 오간 대화 속에 그 옛날 솜리 장날의 풍경이 아득하게 전해져온다. 그렇게 양점숙 시인에게 만경강과 솜리 장날은 "가물가물/먼/기억의 숲을 뒤척이며"(「유월의 그 항구」) 다가오는 구체적 시공간이요 시인 스스로의 존재론적 기원이 아닐 수 없다.

이처럼 양점숙 시인은 우리가 잃어버렸거나 미처 기억하지 못하는 어떤 원형에 대한 끝없는 상상적 추구를 보여준다. 그 점에서 그녀의 시조는 우리가 근원에서부터 망각하고 있는 존재의 기원을 들여다보게끔 하는 힘을 지니고 있다. 이는 사라져버린 것들 속에서도 삶의 흔적을 읽어낸다든가 사물들 속에서 새로운 움직임을 바라보는 시선과 깊은 관련을 가지게 된다. 생의 폐허를 넘어 새로운 존재의 경지를 열어가는 이러한 상상력은 고전적인 사유와 감각을 펼쳐 보이면서 범인凡人들이 무심히 넘어가는 것에 대해 탐사를 멈추지 않는 시인의 깊은 마음을 보여준다. 그러한 마음의 현장은 '금강'이나 '만경강' 같은 자연과 '솜리 장날' 같은 사람살이에 두루 걸쳐져 있다. 실감 있는 존재론적 기원의 호명과 상상이 그 안에 펼쳐지고 있는 것이다.

3. 압축과 긴장을 통한 그리움의 시학

이처럼 양점숙 시조는 '그리움'이라는 정서를 원형적으로 구성해가는 과정을 보여준다. 원래 그리움이란 대상을 향한 간절한 마음이 시간의 풍화 끝에 탈색되어 남은 어떤 정서적 지향을 말한다. 그것은 부재를 극복하려는 것이 아니라 그러한 결핍의

상황을 실존적 조건으로 승인하고 거기서 발생하는 깨끗한 슬픔을 견디고 받아들이려는 정서인 셈이다. 양점숙 시인은 이제 어떤 대상의 부재를 깨끗한 슬픔으로 바라볼 수 있게 되었다고 고백한다. 이는 물론 시인의 성숙한 시선을 말하는 것이기도 하지만, 생의 밑바닥까지 들여다보아도 결국 부재하는 어떤 근원적인 것에 대한 갈망을 투사함으로써 삶의 상상적 완성을 꾀하려는 의지를 반영하는 것이기도 하다.

맹물처럼 웃고 때론 홍시처럼 말캉해

허기를 말아 올린 시래깃국
한 그릇에도

첫새벽 선잠 털어낸 사연이 둥둥 뜬다

막사발에 덕담은 눈물도 고명이라

기댈 벽 하나 없어도 눈빛만은 뜨겁고

잔마다 어둠 가득해도 하얗게 뜨는 옥니
                                    ―「국밥집 할매 미소」 전문

시인의 기억 속에 "허기를 말아 올린 시래깃국/한 그릇"은 국밥집 할머니 미소와 함께 감각적으로 언제나 떠오르는 대상이다. "첫새벽 선잠 털어낸 사연"이며 "막사발에 덕담은 눈물"이

신산한 세월을 살아온 할머니의 뜨거운 눈빛과 어둠 가득한 옥니로 하여금 그리움의 대상이 되게끔 해준다. 적어도 시인의 사유에서는 "삶이란/꿈"(「사랑이 머무는 공간」)이고 그 "꿈이 기억하는 대로 하얗게 솟은"(「이어도 그곳엔」) 기억들이 그 안에 있다. 이때 우리는 지각할 수 있는 그 어떤 것들도 기억 형식이 아니고는 파악할 수 없다는 발견을 시인의 언표를 통해 알게 된다. 그 과정에서 빈번하게 나타나고 있는 것이 기억에 바탕을 둔 흔적, 유적遺跡 같은 이미지들에 대한 그리움인 터인데, 양점숙 시인은 자신의 시조가 이러한 시간의 축적과 그로 인한 그리움에서 가능하다는 데 흔쾌하게 동의하면서 자신이 지나온 시간의 마디들을 되살려 행간마다 은폐되어 있는 시간의 흔적을 재구성하고 있는 것이다. 다음은 어떠한가.

한 축 무너져 내린 슬레이트 지붕 아래
두고 간 미소일까 장독대엔 환한 개망초
이끼 낀 작은 댓돌엔 슬리퍼 한 짝 뒹굴고

비워둔 구석구석 바람이나 비가 들고
채송화 같던 할매 흔적만 더러 남아
툇마루 씨오쟁이도 그녀처럼 굽어간다

그을음 눈빛처럼 흩어져 그날 같은데
쓴맛에 진저리치던 소주병 몇 개 뒹굴고
그때는 생각 못했던 그리움만 수북하다

　　　　　　　　　　　　　　　　　　　　─「폐가의 오후」 전문

슬레이트 지붕은 내려앉고 마치 누군가가 두고 간 미소처럼 장독대에 개망초가 환하게 피어 있다. "이끼 낀 작은 댓돌"에 구르는 슬리퍼도 이곳이 삶의 폐허임을 알려준다. 하지만 그 삶의 폐허라는 것도 한때는 가장 분주하고 역동적인 삶이 가능했던 시공간이 아니었겠는가. 시인은 "채송화 같던 할매 흔적"을 살피면서 "그을음 눈빛처럼 흩어져 그날 같은" 기억을 떠올린다. 자연스럽게 "그때는 생각 못했던 그리움만 수북"해지는 폐가의 오후를 느끼고 있는 것이다. 오랜 시간 속에서 "세상 시름 다 겪어낸 앙상한 몸뚱아리"(「벽에 걸린 황태」)처럼 그 빈집은 "그리움 길로 쌓여"(「겨울 산방」)가는 시간을 증언하고 있다. 그렇게 시인은 인간과 사물이 그저 수동적 관조자와 대상의 관계가 아니라 함께 삶을 꾸려가는 공생적 주체의 관계임을 선언한다. 그녀의 시조는 이렇듯 사물의 안쪽에 깊이 담겨 있는 오랜 시간을 펼쳐 보이고 있다. 이러한 사유와 감각이 압축과 긴장이 정형 미학 속에서 펼쳐지고 있는 것이다.

사실 인간을 둘러싼 환경이나 제도, 관행, 지적 풍토 등이 일련의 복합성을 띠기 시작하면서 정형 미학의 전통은 순탄하게 지속되지 못했다. 다시 말해 심미적 관조나 순간적 정서로 정형 미학을 구축해가기에는 모든 관계가 복잡해졌고 그에 대한 비판적 인식이나 대안적 사유를 표명하려고 할 때 시조의 속성은 어느 정도 주변부로 밀리는 것이 자연스러운 과정이었다. 그럼에도 여전히 정형을 통해 언어를 발화하려는, 언어를 사용하면서도 언어의 압축과 긴장을 통해 정형 미학을 구현하려는 시인들의 집착은 연면히 이어져 왔다. 이러한 압축과 긴장의 감각은 언어에 대한 부정이 아니라 언어 과잉을 경계하는 방법을 말하는데, 우리는 정형을 통해 자신의 세계를 구축하려는 양점숙 시조의 미학적 선택이 이러한 양식적 자각에 의해 나타난 것이라고 말할 수 있다. 언어의 압축과 긴장을 통한 그리움의 시학이 그 안에 출렁이고 있는 것이다.

4. 역사적 현실에 대한 관심과 지향

그런가 하면 그녀는 공동체의 역사적 현실에 지극한 관심을 가진 시인이다. 일찍이 "서정성뿐만 아니라 시대 현실에 대한 날카로운 안목을 동시에 지니고 있음"(이지엽, 「중용의 서정과 재미성」, 『꽃그림자는 봄을 안다』, 태학사, 2006)이 선명하게 지적되었거니와, 양점숙 시인은 다양한 역사적 순간이나 현실의 장면을 정성스럽게 화폭에 담아내곤 한다. 그러나 그와 동시에 시인은 단순한 현실 감각으로는 도저히 담아낼 수 없는 사물들의 미세한 근원적 소리를 듣고 있기도 하다. 가령 생명 있는 것들이 어울리고 있는 고요한 삶의 화음和音을 듣고 있는데, 이러한 소리들은 살아 있는 것들의 기운을 여지없이 느끼게 해주기도 한다. 그 근원적 소리를 통해 시인은 언어를 넘어서고 현실을 넘어서는 근원적 차원을 지향하게 된다. 사물들의 근원적 소리와 현실의 순간들을 몸에 장착하면서 거기서 새로운 발화를 시작하는 것이다.

비워둔 그 옆 의자
깃기바람에도 뼈저리고

쇠말뚝을 박아도 헛말에 귀 울어도

그 소녀 단발머리는 찰랑찰랑 올이 곱다

사죄의 말 듣지 못한
무명적삼 솔기마다

웅크린 어머니처럼 바스러진 눈물자국
소녀는 꽃으로 붉는 노을 속의 그날처럼

꼭 쥔 손 풀지 못한
열일곱의 눈 속에

영혼의 울음 곱던 나비는 날아가고
그림자 그마저 지운 섬 하나를 품는다

― 「소녀상」 전문

　시인은 일본 대사관 앞에 놓인 소녀상을 바라보면서 오랜 역
사의 기억을 톺아 올린다. 치욕적 기억의 모뉴멘트인 이 소녀상
을 두고 시인은 한 소녀가 그 옛날 겪었을 "꽃으로 붉는 노을 속
의 그날"을 겹쳐놓는다. 제국의 폭력이 쇠말뚝을 박아도 헛말을
반복해도 소녀의 단발머리는 고운 올과 무명적삼 솔기마다 "어
머니처럼 바스러진 눈물자국"을 안고 있을 뿐이다. 비록 사죄의
말 듣지 못했지만 손 꼭 쥐고 풀지 못한 "열일곱의 눈 속"으로

"영혼의 울음 곱던 나비"가 날아간다. 이렇듯 "아득한 기억의 저편"(「후회」)에서 "햇살 속 그냥 빛나는"(「환골탈태」) 모습은 우리 민족의 항구적 기억으로 이어져갈 것이다. 사실 기억에 관한 고찰은 서정시의 오랜 테마였다. 그만큼 서정시는 기억이라는 움직임을 통한 시간 해석에 의해 구축되고 또 퍼져간다. 또한 그것은 어떤 극적인 순간을 포착하여 그것을 오랜 기억으로 환치하는 작법에서 비롯되기도 한다. 외따로 떨어진 사물과 사물 사이에 연쇄적 연관성의 파동이 나타나는 것도 이러한 기억의 매개 때문일 것이다. 양점숙 시인은 역사적 기억의 한 켠에 이러한 과정을 비끄러맨다. 역사의 한순간에 가로놓인 그리움과 눈물의 시간을 안아들이고 있는 것이다.

가만히 바라만 봐도
그대로 탑이 되는

염원이 켜로 놓인
돌계단을 올라

한 천년 세월을 건넌
전설 속을 걷는다

등이 굽은 저 탑
깨달음은 얻었을까

영혼도 없다는데
왜 이리 몸 무거운가

한참을 머뭇거리다

돌 한 개를 올린다

　　　　　　　　　　　　 ―「사자암 가는 길」 전문

　그런가 하면 시인은 한 고찰을 찾아 그곳에 서린 기억을 재현
해본다. 선화善化가 지명법사知命法師의 도움으로 미륵사를 창
건했다는 기록에 기대 미륵사 석탑을 성스럽게 바라보는 것이
다. 그렇게 시인은 가만히 바라보아도 "그대로 탑이 되는" 순간
을 맞아들이고 있다. "염원이 켜로 놓인/돌계단"을 올라서 "한
천 년 세월을 건넌/전설"을 듣고 있는 것이다. 등이 굽은 채 오랜
시간을 보냈을 탑이 얻었을 깨달음을 생각하면서 시인은 "돌 한
개"를 그 위로 올린다. 이 돌을 올리는 행위는 그 흔적을 몸 속
에 마음속에 그것을 이어가고자 하는 시인의 순연한 마음을 보
여준다. "옛사람의 흔적만큼"(「미륵사지」) 아름다운 역사를 가
꾸어가려는 의지가 그 안에 있음은 말할 것도 없을 것이다. 그
렇게 시인은 "하늘과 땅으로 만난 열망의 한 끝"(「사리장엄」)을
바라보고 있다. 그때 양점숙 시인은 가장 근원적인 역사의 소리
를 듣고 있을 것이다.

　결국 시인은 오랜 시간 속에 자신의 흔적을 남긴 역사적 현실
을 시조의 표면으로 끌어올리고 있다. 하지만 그것이 날것 그대
로 재생되어 있지는 않다. 다만 그녀는 장자莊子가 "천지에 큰
아름다움이 있지만 말하지 않고, 사계에 분명한 법칙이 있지만
다투지 않고, 만물에 이루어지는 이치가 있지만 설명하지 않는

다(天地有大美 而不言 四時有明法 而不議 萬物有成理 而不說)."(「知北遊」)
라는 '미'와 '법'과 '이치'가 시간 속에서 스스로 존재하게끔 할 뿐
이다. 이때 그녀의 언어는 숨겨진 사물의 본성을 불완전한 채로
암시할 뿐, 자신이 파악한 사물의 본성과 이치를 그대로 드러내
지 않는다. 그렇게 암시적으로 드러내는 상징 행위가 바로 그녀
의 시쓰기의 원리로 나타난다고 할 수 있을 것이다. 이처럼 양
점숙 시조는 단순한 기억의 재현이 아니라 바로 그 기억에 대한
기억의 형식으로 씌어진다. 그래서 그 안에 구현된 기억은 과거
에 있었던 일회적 사건이나 풍경이 아니라 지금도 경험적으로
반복되고 미래의 시간을 예언하는 상징적 기억들로 등극하게
된다. 시인이 시조를 통해 구축해간 세계는 과거 역사에 대한
재현이 아니라 그러한 기억을 토대로 한 새로운 현재형을 설계
하려는 충동에 바탕을 두고 있는 것이다.

5. 시인으로서의 견고한 언어적 자의식

다음으로 양점숙 시인은 '시(시조)'에 대한 자의식 곧 궁극적
언어 탐구로 남게 되고 심미적 축약을 겨냥할 수밖에 없는 예술
양식에 대해 적극적으로 사유하는 의지를 보여준다. 사실 그녀
에게 '시'는 언어 자체에 대해 탐색하는 예술 양식이다. 여기서
시인은 견고한 언어적 자의식으로 충만한 사람이라는 규정을
뛰어넘어, 언어를 찾아나서고 결국에는 사물이나 시간 속에서
언어를 발견하는 존재로 몸을 바꾸게 된다. 다시 말하면 언어의
도구적 기능을 훌쩍 뛰어넘어 언어 자체에 대한 탐색에 매진하

는 존재가 시인이 되는 셈이다. 양점숙 시인의 생각도 거기에
가닿고 있다.

배꽃 이는 골에
농부는
세월을 경작했네

마음을 심고
지혜를 기다렸네

단물 든
세상은 아니었네

지듯 떠난 봄이었네

　　　　　　　　　　　　　　　—「아버지는 농부」 전문

적막보다 깊은 속을 그 누가 알랴만

눈빛 선한 스님 잔기침으로 달빛 올릴 때

풍경은 몇 구절 반야경 온몸으로 읊었다

북소리 밤으로 울고 뽀얀 보랏빛 아침

자비의 마음 하나 건져내지 못해

귓가에 목탁 소리는 굴렁쇠로 앞을 선다

— 「산사의 아침」 전문

　원래 '농부'와 '시인'은 땅과 언어를 경작한다는 것으로 언제나 비유적 상동성을 가져온 존재자들이다. 생명(성)을 낳고 기르고 거두는 직능을 '시인과 농부Dichter und Bauer'라는 유비적 캐릭터가 부여받아온 셈이다. 그 과정에서 양점숙 시인은 '시'의 형식이 세월을 일구고 씨를 뿌리는 노동의 형식과 같은 것임을, 그 노동이 끝난 후 꿈의 형식으로 남은 아버지의 형상으로 노래하고 있다. 아버지는 세월을 경작하여 '마음'을 심고 '지혜'를 기다리셨다. "지듯 떠난 봄"이었지만 아버지는 '농부'처럼 '시인'처럼 그렇게 오랜 세월 마음과 지혜를 갈고 다듬으신 것이다. 이 '농부'의 형상이 바로 '시인'을 은유하는 것이라고 해도 좋을 것이다. 시인은 그 안에서 "청 높은 시인의 노래"(「구름산방」)를 듣고 있을 것이다. 그런가 하면 시인은 산사에서 "적막보다 깊은 속"을 안아들인 채 풍경이 몇 구절 반야경 온몸으로 읊은 밤을 지나 뽀얀 보랏빛 아침을 맞는다. 이때 "자비의 마음 하나 건져내지 못해" 귓가에 목탁 소리만 들려오는 것은 마치 시인 자신이 가닿지 못한 궁극적 시인의 길을 아쉬워하는 마음을 보여주는 듯하다. 산사의 아침에서 "마지막/떨고 있는 적막"(「장미 한 송이」)을 통해 "맑은 눈물 웃음으로 받아낸 그 한 생"(「질경이꽃」)을 바라보고 있는 시인의 품이 깊고 격이 높기만 하다.

　멱치를 날던 새는 시심의 여울서 울고

애모의 흔적 올린 화선지 행간마다

연분홍 앞섶을 잡고선 깃기바람 한 자락

생각 그조차도 잠든 산을 들깨우고

달 하나를 품고도 갈잎처럼 붉어

하늘 땅 그 사이에서 꽃비로나 젖는다.

—「동심초」 전문

알다시피 설도薛濤는 당나라의 여성시인으로서 우리에게는
안서 김억이 번역하여 노래로 만들어진 「동심초」로 유명한 분
이다. "시심의 여울"에서 울음 우는 새는 설도가 원진에게 느꼈
을 "애모의 흔적 올린 화선지 행간"마다 바람 한 자락을 남기고
날아갔다. "달 하나를 품고도 갈잎처럼 붉어// 하늘 땅 그 사이
에서 꽃비로나 젖는" 시인의 존재론은 이렇게 낭만적 사랑과 정
분 속에서도 품격을 잃지 않는 노래로 현상하였다. "그 얼마나
따뜻한지"(「검은 비닐봉지」) 모를 "몸짓으로 풀어낸 만가"(「느
티나무」) 속에서 우리는 "울음인 듯 웃음인 듯"(「모나리자의 미
소」) 전해져오는 한 옛 시인의 사랑을 듣는다. 이처럼 양점숙
시인이 관찰하고 형상화하고 그 의미를 완성시키고 있는 대상
은 그 자체로 삶의 이법을 노래하는 '시인'의 반영체이자 시쓰기

행위 전체를 은유하는 상관물이기도 하다. 또한 그것은 시쓰기 자체의 속성을 극대화하려는 의지로 나타나 자신이 써가는 아름다운 시조의 자양으로 이어지기도 한다.

아마도 서정시의 옛 모습은 길이가 짧은 노래였을 것이다. 다량의 인쇄물이 복제되어 많은 사람이 동시에 '묵독黙讀'할 수 있게 된 근대 이전까지 서정시는 짧은 언어로 '음독音讀'되어왔을 것이기 때문이다. 물론 음독의 맥락 안에는 암송을 통한 문화적 기억이 형성되고 촉진되고 전승될 수밖에 없었던 전근대라는 시대적 제약이 가로놓여 있을 것이다. 그러나 이러한 과정을 통해 서정시는 짧은 언어 형식이라는 관념이 착근되었고 더욱 응축과 생략의 방법으로 나아가게 되었을 것이다. 비록 근대 이후에 생겨난 산문시적 경향이나 운율 해체의 움직임으로 인해 서정시가 양식적 구속에서 벗어나기는 했지만, 여전히 서정시는 짧은 길이에 온축된 생각과 느낌을 담아 시인과 독자로 하여금 소통케 하는 장르라는 생각이 지배적이다. 양점숙 시조의 형식 미학은 시인으로서의 견고한 언어적 자의식을 통해 이러한 언어 형식의 흐름을 아름답게 이어가는 실례로 남을 것이다.

6. 양점숙 시조의 미래

'하이쿠俳句'는 자연과 계절에 대해 선명한 이미지로 노래하는 짧은 정형시다. 일본에만 애호가 백만을 헤아린다는 이 단형 양식은 지금도 그 울타리를 세계적으로 넓혀가고 있다. 그 대표 시인인 마쓰오 바쇼松尾芭蕉가 문하생들에게 "모습을 먼저 보이고 마음은 뒤로 감추어라."라고 말했다고 하는데, 우리는 여기서 하이쿠가 추구하는 양식적 목표를 분명히 알 수 있게 된다. 말하자면 그것은 사물의 '모습'을 선명한 이미지로 드러내고 시인의 '마음'은 적절하게 은폐함으로써 시적 효과를 얻으려는 것이다. 이러한 '드러냄'과 '숨김'의 긴장을 통해 이 단형의 정형은 자신만의 존재 이유를 얻어간 것이다. 여기서 우리는 이러한 하이쿠의 기율과 시조의 그것이 충실하게 접점을 형성할 여지를 발견하게 된다. 양점숙 시조는 우리가 주변에서 흔하게 목도할 수 있는 사물이나 풍경을 인생론적 경험이나 지혜로 치환하는 상상력을 줄곧 보여주는데, 그럼에도 불구하고 그녀는 외재적이고 사회적인 현실에 관심을 두는 것이 아니라 오랜 시간 속에 깃들여 있는 기억을 향함으로써 사물의 외관은 이미지로 드러내면서도 속 깊은 마음은 그저 흘러가게 놓아두는 작법을 줄곧 보여준다.

또한 우리는 그녀를 일러 시간성을 통한 인생론적 사유의 시인이라 불러도 무방할 것이다. 그녀가 가장 공들이고 있는 권역은 지나간 시간의 사유와 새로운 시간의 소망에 있다. 그것은 대개 어둠의 형상을 넘어선 밝은 모습으로 현상된다. 시인은 역동적인 상상력을 통해 삶의 구체성에 바탕을 둔 건강한 삶을 소망해간다. 결국 그녀의 시조는 삶의 깊은 어둠 속에서 희망을 발견하고 증언하는 상상적 기록임을 멈추지 않는 것이다. 오랜 시간 자신의 시조를 지속적으로 축적해온 양점숙 시인의 음색은 이처럼 우리 시단의 소중한 재부財富가 되어 '시적인 것'의 심미적이고도 생성적인 모습을 앞으로도 풍요롭게 보여갈 것이다. 이번 시조집은 이러한 언어예술의 고전적 형식을 잘 보여주면서도 단아한 절제를 통해 장광설이나 요설에 대한 적극적 항체抗體 역할을 하고 있다. 짧게 응축된 언어 속에 펼쳐지는 깊은 사유를 통해 형식적 염결성을 깔끔하게 견지하면서 존재론적 근원과 궁극의 서정을 각별하게 보여준 대표적 범례範例로 남을 것이다. 그러한 흐름 속에서 양점숙 시조의 미래는 더 밝고 훤칠하게 다가오게 될 것이다.

양점숙

1989년 이리익산 문에 백일장 장원. 가람시조문학회회장, 경기대학교 겸임교수 역임. 시집『아버지의 바다』, 현대시조 100인선『꽃 그림자는 봄을 안다』등. 한국시조시인협회상, 전북문학상, 가람시조문학상 등 수상. 현재 (사)한국시조시인협회 부이사장, 가람기념사업회 회장.

고요아침 운문정신 051

바라만 봐도 탑이 되는

초판 1쇄 인쇄일 · 2021년 08월 13일
초판 1쇄 발행일 · 2021년 08월 23일

지은이 | 양점숙
펴낸이 | 노정자
펴낸곳 | 도서출판 고요아침
편　집 | 정숙희 김남규

출판 등록 2002년 8월 1일 제 1-3094호
03678 서울시 서대문구 증가로 29길 12-27 102호
전화 | 302-3194~5
팩스 | 302-3198
E-mail | goyoachim@hanmail.net
홈페이지 | www.goyoachim.net

ISBN 979-11-6724-038-5(04810)